MW01122157

Les éditions de la courte échelle inc.

Bertrand Gauthier

Bertrand Gauthier est le fondateur des éditions la courte échelle. Il a publié plusieurs livres pour les jeunes dont les séries *Zunik, Ani Croche* et *Les frères Bulle*. Il a également publié deux romans dans la collection Roman+. Il a reçu le Prix des clubs de lecture Livromagie pour *La revanche d'Ani Croche*. Plusieurs de ses livres sont traduits en anglais, en chinois, en grec et en espagnol.

Bertrand Gauthier est un adepte de la bonne forme physique. Selon lui, écrire est épuisant et il faut être en grande forme pour arriver à le faire. Mais avant tout, Bertrand Gauthier est un grand paresseux qui aime flâner. Aussi, il a appris à bien s'organiser. Pour avoir beaucoup... beaucoup de temps pour flâner.

Stéphane Jorisch

Stéphane Jorisch est né à Bruxelles en 1956. Il a fait des études en graphisme et en design industriel à Montréal. Depuis une dizaine d'années, il travaille surtout dans le domaine de l'édition et dans celui de la publicité, et il fait de l'illustration éditoriale. En plus de ses illustrations pour des maisons d'édition du Québec, il a également fait des illustrations pour des maisons de l'Ontario. C'est un adepte du roman policier et lui-même avoue qu'il n'a pas peur de grand-chose... mais qu'il a une phobie des prises de sang.

À la courte échelle, il a fait les illustrations des couvertures d'*Un jeu dangereux* et d'*Une plage trop chaude*. *Panique au cimetière* est le premier roman qu'il illustre à la courte échelle.

Du même auteur, à la courte échelle

Collection albums

Série Zunik:
Je suis Zunik
Le championnat
Le chouchou
La surprise
Le wawazonzon
La pleine lune
Le spectacle
Le dragon

Collection Premier Roman

Série les jumeaux Bulle:
Pas fous, les jumeaux!
Le blabla des jumeaux
Abracadabra, les jumeaux sont là!

Collection Roman Jeunesse

Série Ani Croche:
Ani Croche
Le journal intime d'Ani Croche
La revanche d'Ani Croche
Pauvre Ani Croche!

Collection Roman+

La course à l'amour
Une chanson pour Gabriella

Bertrand Gauthier

PANIQUE AU CIMETIÈRE

Illustrations
de Stéphane Jorisch

la courte échelle

Les éditions de la courte échelle inc.

Les éditions de la courte échelle inc.
5243, boul. Saint-Laurent
Montréal (Québec) H2T 1S4

Conception graphique:
Derome design inc.

Révision des textes:
Odette Lord

Dépôt légal, 1er trimestre 1992
Bibliothèque nationale du Québec

Copyright © 1992 la courte échelle

Données de catalogage avant publication (Canada)

Gauthier, Bertrand, 1945-

 Panique au cimetière

 (Roman Jeunesse; RJ33)

 ISBN 2-89021-169-X

 I. Jorisch, Stéphane. II. Titre. III. Collection.

PS8563.A847P36 1991   jC843'.54   C91-096744-X
PS9563.A847P36 1991
PZ23.G38Pa 1991

Chapitre I
Une peur bleue dans la nuit noire

Tout en chantonnant joyeusement, Mélanie Lapierre retourne chez elle. Comme d'habitude, après avoir quitté son amie Caroline, elle emprunte machinalement le chemin qui longe le cimetière.

À un moment donné, un bruit bizarre la fait sursauter. Curieuse, Mélanie décide d'aller voir ce qui se passe. En s'aventurant dans le sentier qui mène aux pierres tombales, elle croit entendre des lamentations. Mais chaque fois que Mélanie Lapierre s'approche des gémissements, ces derniers semblent s'éloigner.

Puis, quelques instants après, les lamentations recommencent de plus belle:

à gauche, à droite, devant ou derrière Mélanie.

De quoi l'étourdir! Et lui faire peur!

Mais surtout de quoi l'intriguer!

Afin de tenter de résoudre cette énigme, Mélanie s'attarde dans le cimetière. Elle semble envoûtée par le rythme lancinant des lamentations.

Elle ne voit pas le temps passer.

Ainsi, quand la noirceur arrive, la pauvre Mélanie Lapierre commence à s'inquiéter. Les larmes aux yeux, elle constate que ses points de repère ont complètement disparu. Autour des sentiers sinueux, les pierres tombales se ressemblent toutes.

Horriblement!

Dans ces conditions, pas moyen de retrouver son chemin!

Mélanie n'ose s'avouer qu'elle est maintenant seule et perdue au milieu de ce cimetière. Elle se refuse à imaginer le cruel destin qui l'attend.

Dans la lourdeur de cette nuit naissante, Mélanie fait donc des efforts surhumains pour ne pas céder à la panique. Elle lutte de toutes ses forces contre cette terreur qui l'envahit. Du mieux qu'elle peut, elle combat cette paralysie qui veut

s'emparer de tout son corps.

De nouveaux cris font alors sursauter Mélanie. Bien que morte de peur, elle se dirige vers cet endroit plus bruyant que les autres, dans l'espoir de trouver de l'aide. Terrorisée, elle croit identifier une suite de longs gémissements semblables aux plaintes émises par les grands malades qui agonisent.

Étrangement, les lamentations semblent émerger de la terre.

De l'intérieur même de la terre.

Mélanie se rend alors compte qu'elle perçoit le moindre bruit avec une extrême acuité. Ses oreilles réagissent comme de véritables amplificateurs. Sa sensibilité aux bruits semble décuplée. Si ça continue, ce tintamarre infernal va la rendre folle.

Au plus vite, quitter cet endroit sinistre pour aller se réfugier quelque part. N'importe où, mais ailleurs que dans cet affreux cimetière!

Propulsée par cet espoir, Mélanie Lapierre se met à courir dans la nuit. Comme une forcenée, elle s'en va retrouver sa maison, ses parents, sa grande amie Caroline, son jeune frère Renaud qui doit présentement dormir sur ses deux oreilles...

Fébrile, Mélanie en oublie de regarder devant elle. Malheureusement, elle ne voit pas la pelle qui traîne par terre. Elle s'y accroche et trébuche. Dans sa tête, les lamentations continuent à résonner de plus belle.

Mélanie n'a plus maintenant le moindre doute: ces gémissements macabres proviennent bien de l'intérieur de la terre. Elle a même l'impression d'entendre une voix l'implorer.

— Là...à...à...à...à, là...à...à...à...à à vos pi...i...i...i...ieds, je suis enterré vivant...ant...ant...ant...ant. Vous êtes ma dernière chan...an...an...an...ance. S'il vous plaît, ai...ai...ai...ai...dez-moi, ai...ai...ai...ai...dez-moi, sortez-moi de ce pétrin. Je suis désespérééééééé... désespérééééééé...

Vite, se relever et prendre la fuite!

Mais dans quelle direction?

Tout autour de Mélanie, il n'y a que des pierres tombales. À cause de la pleine lune, elle les aperçoit très bien projeter leur ombre menaçante. L'horizon est complètement bloqué par des milliers de ces roches toutes plus lugubres les unes que les autres.

Mélanie est prise au piège.

Un horrible piège!

Elle sent l'étau se resserrer sur elle.

Durant tout ce temps-là, un doute ne cesse de tourmenter l'esprit de Mélanie. Un doute terrible qui se transforme même en une hypothèse valable.

«Et pourquoi cette personne qui gémit ne serait-elle pas encore vivante? Enterrer des gens qui n'étaient pas tout à fait morts, ça s'est déjà vu. Certains états comateux sont tellement similaires à la mort qu'on peut s'y méprendre.»

Au même moment, Mélanie constate que les lamentations sont maintenant beaucoup moins aiguës qu'auparavant. Elles n'ont donc jamais été aussi assourdissantes qu'elle les avait perçues. Elle se dit que dans sa grande panique, elle avait dû les amplifier.

Rien de plus normal à ça.

Après tout, dans un cimetière, par une nuit de pleine lune, le moindre bruit peut facilement ressembler à un véritable coup de canon.

Elle est rassurée.

Jugeant qu'elle n'a rien à perdre, Mélanie Lapierre décide d'aller vérifier.

«Si cette personne est encore vivante et que je lui sauve la vie, elle me sortira à mon tour du pétrin en m'indiquant la sortie de cet horrible endroit.»

Nerveuse quand même, elle s'empare de la pelle qui gît sur le sol. Et elle se dirige ensuite lentement vers le lieu d'où proviennent les lamentations.

Bizarrement, à cet endroit, il n'y a pas une seule pierre tombale. Et à ce moment précis, Mélanie Lapierre se met à creuser de manière frénétique.

En peu de temps, sa pelle se bute à quelque chose de résistant. Impossible que ce soit déjà le cercueil, Mélanie a à peine creusé vingt centimètres. C'est sûrement une roche qu'elle vient de frapper. Elle se met donc à dégager l'objet qui lui apparaît de plus en plus gros et de moins en moins rond.

Pas de doute, elle vient déjà d'atteindre un cercueil noir! Mélanie se dépêche d'enlever toute la terre qui le recouvre. Mais si près du but, le doute et la peur s'emparent d'elle. Elle se remet alors à hésiter.

Depuis quelques instants, c'est le silence complet qui règne dans le cimetière. Elle n'entend que sa respiration haletante. La personne qu'elle s'apprête à sauver d'une mort certaine ne se manifeste plus du tout.

En regardant la tombe, Mélanie a une idée. Il y a un moyen infaillible de vérifier si la victime est toujours vivante: c'est de lui parler. Si elle veut sortir de là, elle saura bien se manifester.

Timidement, Mélanie risque donc une question.

— Il y a... quelqu'un... là-dedans?

Pas de réponse!

— Il y a... quelqu'un...? Vous êtes mieux... de me... répondre, sinon, sinon... je ne bouge pas.

Néant.

Pas de conclusions trop rapides!

La personne qui gémit a peut-être utilisé ses dernières énergies pour lancer des cris de détresse. Là, elle est probablement encore vivante, mais elle a perdu connaissance. Dans un cercueil, même si ce n'est qu'à vingt centimètres sous terre, on peut manquer d'air à n'importe quel moment.

Néanmoins, ce silence de mort inquiète Mélanie.

Et puis, il faut bien l'admettre, c'est plutôt rare qu'on doive ouvrir un cercueil. Et encore plus rare quand on est seule, la nuit, dans un cimetière.

Dans le cas de Mélanie Lapierre, ce sera une première.

Et elle souhaite vivement que ce soit aussi une dernière!

Malgré sa peur bleue, elle décide de donner quelques bons coups de pelle sur le cercueil et de s'éloigner dans l'attente d'une réaction. Aussitôt dit, aussitôt fait. Mais la réaction se laisse encore attendre et ne se manifeste finalement pas. Le lourd silence qui enveloppe la nuit devient alors obsédant.

Quelques instants plus tard, Mélanie se rapproche lentement du cercueil. Elle tend l'oreille dans l'espoir d'entendre un gémissement, une lamentation, un sifflement, un murmure quelconque.

Mais rien.

Toujours rien.

Là, elle retrouve son courage. Enfin, ce qu'il en reste.

«Du sang-froid, Mélanie Lapierre!»

Au même moment, les gémissements reprennent et ils proviennent bien de l'intérieur de la tombe. C'est alors que Mélanie croit entendre une voix la supplier:

— J'étouffe...ouffe...ouffe, sauvez-moi...oi... oi..., s'il vous plaît...aît...aît.

Elle se penche doucement vers le cercueil. En glissant ses mains sous le couvercle, elle commence à le soulever. Heureusement, il n'est pas trop lourd.

Dans la nuit, un cri strident vient aussitôt percer les oreilles de Mélanie.

En hurlant, elle lâche le couvercle.

En un temps record, elle met une distance respectable entre elle et la tombe.

Entre elle et la tombe noire qui vient de rugir.

Chapitre II
Le souffle de la mort

En entendant un bruissement d'ailes, Mélanie Lapierre comprend ce qui vient de se produire. Et elle réalise avec soulagement que ce n'est qu'un oiseau. En s'envolant, il a lancé le cri strident qui a percé le silence de la nuit.

Avec ses nombreux coups de pelle sur la tombe, Mélanie a sûrement dû tirer cet oiseau de son sommeil. Rien à voir avec un quelconque revenant qui aurait surgi de son cercueil.

Mélanie s'est inquiétée pour rien. Rassurée, elle reprend peu à peu ses esprits.

L'explication trouvée et le danger fictif écarté, elle se rapproche de nouveau de la tombe.

Plus décidée que jamais à l'ouvrir.

Mélanie est de plus en plus persuadée qu'elle est le dernier espoir de cette personne en détresse. Elle est aussi très flattée qu'une vie humaine dépende d'elle. Pour une fois, elle a l'impression qu'il se passe quelque chose d'exceptionnel dans son existence.

«J'ai toujours voulu être une héroïne. Eh bien! c'est l'occasion rêvée de le devenir. Ensuite, il sera encore temps d'avoir peur.»

Il faut agir.

Et vite!

D'un coup sec, elle soulève le couvercle du cercueil.

Terrassée par l'effroi, elle aperçoit un cadavre à demi décomposé. Un amas de chair couvert de plaies s'étale devant ses yeux.

Complètement paralysée par ce qu'elle voit, Mélanie ne réussit pas à bouger le moindre orteil. Et le moindre cri n'arrive pas à sortir de sa gorge. Pendant quelques secondes, elle se sent aussi morte et rigide que l'affreux cadavre qu'elle doit contempler.

C'est à ce moment précis que les lamentations reprennent de plus belle. Cette fois, elles semblent surgir du ventre de l'effroyable créature qui se met à bouger dans sa tombe. En même temps, Mélanie a la nette impression qu'on lui souffle dans le cou.

Ça y est, c'est sûrement le souffle de la mort.

Mélanie est convaincue qu'elle vient de déterrer un mort vivant qui se prépare à bondir sur elle. Si elle ne veut pas se retrouver entre les mains visqueuses et squelettiques de cet affreux cadavre, elle doit faire quelque *chos*...

Trop tard!

Elle n'a pas le temps de réagir.

Encore moins de se sauver!

Déjà, par derrière, on la saisit. Une main vient aussitôt se poser sur sa bouche pour l'empêcher de crier. En même temps, d'un violent coup de pied, l'intrus referme brutalement le cercueil sur le cadavre qui rugit.

Mélanie se débat et tente de mordre cette main qui la garde prisonnière. Malheureusement, elle n'y arrive pas. Elle a beau y mettre l'énergie du désespoir, elle s'aperçoit vite qu'on la retient solidement.

— Inutile de te débattre ainsi, dit alors une voix d'homme, dans son dos. Reste calme, je n'ai pas l'intention de te faire le moindre mal. Promets-moi de ne pas crier et je te libère tout de suite. Tu comprends, il ne faut pas ameuter les autres, tous les autres... Ici, dans ce cimetière, il faut apprendre à être discret.

Mélanie fait aussitôt oui de la tête.

A-t-elle vraiment le choix?

L'homme tient aussitôt sa promesse de la relâcher.

Au premier coup d'oeil, c'est encourageant.

L'individu devant elle ne ressemble en rien au revenant répugnant qui vient d'être assommé dans son cercueil. Au contraire, il est jeune et, il faut l'admettre, plutôt beau.

Mélanie se demande aussitôt d'où peut bien sortir cet individu aux allures normales. Elle se demande aussi ce qu'il peut bien faire dans cet endroit sinistre. Des questions lui brûlent les lèvres et elle décide de les poser au nouveau venu.

— La tombe, là, le cadavre... là-bas... est-ce que vous croyez que c'est encore vivant, là-dedans? J'ai cru entendre des gémissements, est-ce que ça se peut? Est-ce qu'il va revenir me chercher? Et vous, qui *êt*...

— Tu ne devrais pas poser autant de questions, intervient alors l'étranger en lui coupant la parole. Dans ton intérêt, ne cherche pas à trop en savoir. La seule chose que je peux te dire, c'est de te tenir loin des gémissements et des lamentations. Tiens-toi toujours le plus loin possible des griffes de la mort.

Les griffes de la mort?

— Arrête de trembler de peur et suis-moi, continue alors l'étranger de sa voix la plus rassurante. Tu n'as rien à craindre de moi, je ne te veux aucun mal, tu peux me croire. Viens chez moi, je t'offre une bonne boisson chaude. Et je te promets de t'expliquer ensuite comment t'enfuir de ce cimetière.

Ce n'est pas dans les habitudes de Mélanie de suivre des étrangers. Mais entre cet étranger plutôt charmant et l'horrible revenant de tout à l'heure, il faut admettre que le choix n'est pas difficile à faire.

Et puis, présentement, ce mystérieux inconnu est la seule et unique bouée de sauvetage de Mélanie Lapierre.

Peut-être est-il même sa dernière chance de quitter vivante ce lieu sinistre!

Ce bel inconnu va l'aider.

Mélanie en est persuadée.

Chapitre III
La racine de vie

Pour se rendre chez l'étranger, le chemin est plutôt tortueux. Dans un cimetière, c'est toujours ainsi. Et celui-ci ne fait pas exception à la règle.

Tout d'abord, on longe une large avenue. On doit ensuite emprunter une foule de petits sentiers sinueux. C'est là que ça devient déroutant.

Au grand jour, Mélanie ne craindrait jamais de s'y promener ou de s'y perdre. Ce cimetière serait un bel endroit calme, reposant et même rassurant. Mais la nuit, ce bel endroit calme, reposant et rassurant se métamorphose en un lieu plutôt lugubre et inquiétant.

— Voilà, on est arrivés, lance l'étranger à Mélanie.

En apercevant cette cabane en bois rond toute peinte en noir, Mélanie en a froid dans le dos. Elle n'arrive pas à croire qu'une personne humaine normalement constituée puisse vivre ainsi dans un cimetière. Et puis, ce n'est rien pour la réconforter, elle ne voit aucune porte qui donne accès à cette demeure.

Au lieu d'avancer vers la cabane, Mélanie commence donc lentement à reculer. Voyant son hésitation, l'étranger se dirige vers une échelle de bois qui longe le mur de sa maison.

— Si l'on veut entrer chez moi, il faut escalader cette échelle. C'est comme dans une tombe, on y a accès seulement par en haut. Ici, dans ce cimetière, on n'a pas le choix, il faut entrer et sortir par en haut.

Mélanie veut bien faire un effort de compréhension, mais tout cela demeure inquiétant. C'est déjà inhabituel d'aller boire quelque chose chez un inconnu. S'il faut, en plus, escalader une échelle pour se rendre dans sa maison construite au beau milieu d'un cimetière, il y a de quoi paniquer.

— Pourquoi es-tu si blême? Je t'ai

pourtant dit que tu n'avais rien à craindre... Ah oui! au fait, quel est ton nom?

Il faut admettre que cet individu a le sens de l'observation. Mais «blême de peur», ces mots sont beaucoup trop faibles. Mélanie Lapierre est blanche d'épouvante. La gorge serrée, du bout de ses lèvres asséchées, elle arrive tout de même à murmurer son nom.

— Mélanie... Mélanie Lapierre, monsieur... Je voudrais vous dire que...

— Bon, lâche le *vous* et le *monsieur* et détends-toi, Mélanie. Si ça peut te rassurer, je ne suis pas un ignoble scientifique qui veut faire des expériences diaboliques sur le genre humain en général ou sur toi en particulier. Je ne suis pas, non plus, un vampire qui veut s'abreuver de ton sang. Non, je ne suis pas de cette race-là.

Tant bien que mal, Mélanie tente de dominer sa peur.

— Dès qu'on entrera chez nous, je te permets de fouiller partout, continue-t-il à expliquer. Tu verras bien que je ne cache pas de laboratoire secret, ni de longs couteaux de boucher, ni de scie tronçonneuse.

En entendant le mot tronçonneuse, Mélanie sursaute.

Elle n'avait pas songé à cette horrible possibilité. Au lieu d'aller en s'atténuant, son désarroi ne cesse de grandir. L'inconnu s'en aperçoit et tente de se faire encore plus rassurant.

— Mélanie, je te veux du bien, tout le bien du monde. Moi, je suis du côté des vivants, dans le souffle de la vie. Alors, avec moi, tu peux dormir tranquille.

Dormir tranquille, ce n'est sûrement pas le moment.

— Ah! et puis, avant que j'oublie... Moi, mon nom, c'est Fabien Tranchant. Appelle-moi Fabien, ça suffira... Moi,

Fabien, j'implore Mélanie de venir chez moi prendre une bonne boisson chaude. S'il te plaît, ça va te remettre les idées en place. Si tu acceptes, ça va me faire tellement chaud au coeur.

Malgré sa panique, Mélanie ne peut s'empêcher de se sentir en confiance avec ce Fabien Tranchant. Il lui est difficile de penser que ce jeune homme beau et charmant puisse être un ignoble dépravé. Et puis, il lui a promis de l'aider à s'enfuir de cet endroit infect.

En ce moment, Mélanie doit bien s'avouer qu'elle a un urgent besoin de croire en quelqu'un, de faire confiance à au moins une personne.

Elle se laisse finalement convaincre.

Tour à tour, Fabien et Mélanie escaladent l'échelle.

Aussitôt arrivé à l'intérieur de la maison, Fabien se dirige vers la cuisinette. Il fait bouillir l'eau afin de préparer sa fameuse boisson chaude. Il lave rapidement deux tasses qu'il vient ensuite déposer sur la table du petit salon.

Sans dire un mot, Mélanie observe les lieux. Elle recommence à réfléchir de plus belle au sort qui l'attend.

En revoyant l'affreux cadavre de tout à l'heure, un frisson d'horreur lui parcourt tout le corps.

Un sifflement.

L'eau bout.

Dans chacune des tasses, Fabien verse alors une cuillerée de poudre légèrement rosée. Il y ajoute ensuite l'eau chaude. En apercevant la couleur de la mixture, Mélanie a un geste de recul. Même si elle a soif, froid et confiance en Fabien, elle hésite à s'humecter les lèvres dans ce liquide devenu soudainement rouge vif.

— Voyons, Mélanie, je ne veux pas t'empoisonner. C'est de la racine de vie, j'en prends tous les jours. C'est la betterave et l'extrait de fraise sauvage qui donnent la couleur rouge vif à la tisane. Je t'assure que ce n'est pas de la poudre faite avec du sang frais de personnes humaines.

À ces mots, le regard de Mélanie a dû trahir un état momentané de panique.

Ce n'est pas passé inaperçu.

— Excuse-moi, Mélanie, si je t'ai encore fait peur. J'aime l'humour noir. Mais j'admets que le moment n'était peut-être

pas bien choisi. Écoute, la racine de vie, si ça peut te rassurer, je peux en boire avant toi.

Fabien porte la tasse à ses lèvres et prend plusieurs petites gorgées du liquide rouge vif.

— Cette tisane est aussi bonne et revigorante que d'habitude, lance-t-il à Mélanie avec un large sourire de satisfaction. Ça donne de l'énergie. Plus qu'un souffle, c'est une véritable tornade de vie!

Au tour de Mélanie de profiter maintenant des effets bienfaisants de la tisane.

De nouveau, elle hésite.

Non, elle n'arrive pas à se décider à

boire de la racine de vie. De toute façon, qui peut lui assurer que ce n'est pas de la racine de mort qui est dans sa tasse?

Ça résonne dans sa tête.

C'est un vieux proverbe des ancêtres qui orne maintenant les pages roses du *Petit Larousse*.

«Dans le doute, abstiens-toi.»

Son raisonnement est simple.

Même si ça ne paraît pas, Fabien Tranchant est peut-être déjà mort. Alors, il peut absorber tous les poisons qu'il veut, ça ne change rien à sa condition. Tandis que jusqu'à preuve du contraire, Mélanie est encore bien vivante et en pleine santé.

En tout cas, en pleine santé physique. Pour l'équilibre mental, elle ne miserait présentement pas trop là-dessus.

Non, elle ne doit pas goûter à cette tisane.

Mais en même temps, il ne faut pas qu'elle insulte Fabien.

Elle prend la tasse et s'humecte les lèvres légèrement. De racine de vie ou de racine de mort, c'est selon les versions.

Elle utilise ensuite une tactique de diversion.

— Fabien, tu vas m'aider à sortir d'ici.

— Quoi, Mélanie, on vient à peine de se connaître et tu veux déjà t'en aller? lui répond alors Fabien, tout déçu.

— Non, non, ce n'est pas toi... oh! non, non, non... ce n'est pas toi que je veux quitter. C'est plutôt cet endroit, tu comprends... Ce cimetière, ce lieu, ça devient sinistre à la longue... J'aimerais mieux, j'aimerais mieux... disons... rentrer chez moi... retrouver mes parents, mes amies, mon frère... Je *voudr...*

Au milieu de la phrase de Mélanie, on entend un bruit violent qui vient de l'extérieur. À n'en pas douter, quelqu'un est en train d'escalader l'échelle qui mène à la maison de Fabien.

D'un coup, Fabien perd alors toute sa bonne humeur.

Pris d'une extrême nervosité, il se lève brusquement, s'accroche dans sa tasse et en renverse le contenu. Le liquide rougeâtre se répand aussitôt sur le plancher du salon. Fabien Tranchant ne se préoccupe pas du dégât. En toute hâte, il s'approche de Mélanie et lui glisse à l'oreille:

— Vite, vite, tu dois te cacher. Il ne faut surtout pas qu'il te voie ici. Suis-moi, je t'expliquerai plus tard.

Sans autre précision, Fabien entraîne alors Mélanie vers sa chambre.

— Ne bouge pas d'ici avant que je revienne te chercher. Et surtout, pas un mot, pas le moindre bruit. Par mesure de prudence, je dois t'enfermer à clé. Il ne faut absolument pas qu'il sache que tu es ici. Alors, fais-moi confiance. Je reviendrai te délivrer aussitôt que possible.

Mélanie n'a même pas le temps de poser une seule question que Fabien a déjà tourné la clé dans la serrure de la porte. Elle est maintenant devenue prisonnière dans une chambre qui lui semble, à première vue, aussi sinistre qu'un donjon.

Elle essaie de comprendre.

Prisonnière, mais de qui au juste?

De Fabien Tranchant? Du visiteur qui rend Fabien si nerveux?

Prisonnière, mais de quoi au juste?

Du cimetière? D'un affreux cauchemar? D'une simple hallucination?

Même si elle en a le goût, Mélanie se rend bien compte que ce n'est pas le temps de pleurer. Et puis, d'après les recommandations de Fabien, elle doit rester silencieuse.

Et ce Fabien Tranchant, est-il vraiment

au-dessus de tout soupçon?

Trop de doutes, elle croule par terre.

Lentement, ses yeux commencent à s'habituer au noir de cette chambre. Il n'y a aucune fenêtre qui laisse pénétrer la lumière étincelante de la pleine lune.

Un vrai donjon!

En face de la porte, sur le mur, elle voit la photo d'un immense soleil phosphorescent. Juste de regarder ce soleil réussit à réchauffer le coeur de Mélanie.

Elle en a bien besoin, elle est tellement désemparée.

Chapitre IV
Qui mourra verra!

À un moment donné, dans la pièce voisine, le ton monte et vient tirer Mélanie Lapierre de sa torpeur.

Elle se faufile délicatement vers la porte. Elle veut entendre ce qui se raconte dans le salon de Fabien Tranchant. Si on parle d'elle, elle préfère le savoir.

— Mon cher Fabien, on t'a pourtant déjà averti plusieurs fois. En aucun cas, tu ne dois aider les vivants à rester en vie. On ne t'ordonne pas de leur donner la mort. Non, on comprend ta grande sensibilité et ta profonde sympathie pour la cause des vivants.

C'est une voix d'homme qui s'exprime ainsi. Une voix rauque et carrément déplaisante. Même si elle n'a jamais entendu de voix d'outre-tombe, Mélanie est sûre que cette voix provient directement de là.

— Ta mission, tu le sais très bien, c'est de nous livrer la vie. Après coup, on en fait notre affaire. Et tu connais la légendaire efficacité du C.G.M. Au Comité des griffes de la mort, plus le temps passe et plus on est efficaces.

Le Comité des griffes de la mort?

Mélanie veut voir l'allure de la personne qui s'entretient avec Fabien.

Des yeux, elle fait alors rapidement le tour du mur et de la porte.

Une fissure, si infime soit-elle, pourrait lui permettre de voir ce qui se passe dans l'autre pièce. Malheureusement, il n'y en a aucune. Il lui reste à explorer le trou de la serrure.

Depuis la nuit des temps, cette technique d'espionnage s'est toujours avérée des plus efficaces. Encore une fois, elle fait ses preuves. Mélanie ne tarde pas à apercevoir le visiteur à la voix si éraillée et si désagréable.

Il lui apparaît dans toute son horreur.

C'est bien l'ignoble cadavre aux plaies purulentes qu'elle a failli aller rejoindre dans la tombe. C'est le grand virtuose des

gémissements qui a tenté de l'entraîner dans son piège macabre.

C'est bien lui, en restants de chair et en fragments d'os.

L'horrible voix continue son discours.

— Fabien, je comprends que tu puisses encore avoir la nostalgie de la vie. Ta mort est beaucoup trop récente, elle date d'à peine vingt-cinq ans. Tu n'as pas encore eu le temps de comprendre la beauté grandiose et durable de la mort. Comme moi, quand ça fera presque un siècle que tu goûteras à cet intense plaisir, tu comprendras ce que je veux dire. Tu sais que...

Mélanie en a assez entendu.

Malgré les apparences, Fabien Tranchant est donc bel et bien mort.

Depuis à peu près vingt-cinq ans.

En restant enfermée dans cette chambre, Mélanie est en danger. Jamais Fabien Tranchant ne l'a enfermée pour la protéger! Mais pour l'anéantir! Elle doit s'enfuir de cette chambre, de cette maison, de ce cimetière maudit!

Vite, très vite, au plus vite!

Pour l'instant, cependant, il est complètement impossible de fuir ce lieu. Il n'y a aucune fenêtre par laquelle Mélanie puisse s'échapper. Non, la seule issue est la porte de la chambre et Fabien l'a fermée à double tour.

Resté silencieux jusque-là, Fabien Tranchant se décide finalement à répondre.

— La mort, la mort, vous ne parlez

que de ça dans ce cimetière maudit. Moi, je venais à peine de commencer à vivre. C'est tellement injuste, injuste... Personne ne me fera jamais avaler que la mort est belle. Non, jamais au grand jamais!

En entendant cela, Mélanie Lapierre faillit applaudir, mais elle se retint.

— Non, reprit Fabien, la beauté, mon cher Macchabée, c'est dans la vie qu'elle se trouve, cette chère et unique vie qu'on n'avait pas le droit de m'arracher aussi vite. Je voulais vivre, moi. Pendant tout un siècle, pas durant seulement vingt ans.

Au salon, le ton vient encore de monter d'un cran. Mélanie entend alors le macabre Justin Macchabée reprendre la parole.

— Tu te trompes, jeune prétentieux. C'est la vie qui est injuste et laide. Ce sont les vivants qui font les guerres, pas les morts. Nous, on n'a qu'à tendre les bras et à accueillir les nouveaux arrivants. La mort, rien n'a jamais été plus juste et plus beau que ça. De toute façon, tu verras bien par toi-même. Mais à la longue, mon cher Fabien, à la longue...

— Je me tue à vous dire que jamais je n'aimerai la mort, le coupe alors Fabien en montant d'un cran le ton de sa voix.

— C'est le dernier avertissement que le C.G.M. te donne, reprend aussitôt l'abominable Justin Macchabée. Le Comité des griffes de la mort t'ordonne de faire ton devoir et de nous livrer la jeune fille qui erre présentement dans notre cimetière. Elle ne doit pas sortir vivante de notre territoire.

En entendant cette phrase, un frisson d'horreur parcourt tout le corps de Mélanie. Justin Macchabée a appuyé sur chacun des neuf mots de sa condamnation à mort.

— Sinon, Fabien Tranchant, tu sais ce qui t'attend: les six prochains mois, tu les passeras sous terre à la merci des vers et de l'ennui. Sans la moindre permission de sortir ou d'entrer en contact avec des visiteurs. Et encore moins avec des vivants, comme on te le permet maintenant.

Après un court instant de silence, l'odieux porte-parole du C.G.M. complète sa pensée.

— C'est à toi de décider, mon cher Fabien. Après tout, tu es libre de faire ce que tu veux.

L'ignoble lâche.

Mais Mélanie n'avait pas encore tout entendu.

— Et puis, la jeune fille, elle doit venir nous rejoindre au plus vite. Tu m'entends, au plus vite. La mort, mon cher Fabien, il n'y a que ça de bon dans la vie! Pourquoi priver cette fille encore longtemps d'un si intense plaisir? Pour son plus grand bien, elle doit maintenant plonger dans les délices de la mort.

Mélanie a le goût de crier: «Non, merci.»

Au même moment, son indignation cède la place à une légère défaillance. Avec ce qu'elle vient d'entendre là, il est clair que son heure a maintenant sonné.

Jusque-là, de sa courte vie, Mélanie n'a jamais envisagé de mourir aussi vite. Les autres, tous les autres allaient mourir, mais pas elle. Mourir avant d'avoir eu le temps de vivre!?!

Le cauchemar va sûrement se terminer bientôt.

Pourtant, la triste réalité lui revient. C'est ce Justin Macchabée de malheur qui se charge de la ramener les deux pieds sur terre.

— Qu'elle le veuille ou pas, cette imbécile de vivante va venir nous rejoindre sous terre. Nous, les seuls, les uniques qui sommes vraiment éternels.

À ces mots, Mélanie sent un frisson d'horreur lui parcourir tout le corps. Malheureusement pour elle, Justin Macchabée n'a pas fini son ignoble discours.

— Pauvres vivants, ils me font pitié quand je les vois s'accrocher à leur vie qui ne tient qu'à un fil, un pauvre petit fil aussi mince et étroit que leur esprit. Nous allons lui couper le petit fil, à la jeune intrépide. Tu fais exactement comme la dernière fois, d'accord, Fabien?

Il s'ensuit un silence inquiétant.

Qu'attend donc Fabien pour répondre à Justin Macchabée, pour continuer à lui crier son indignation?

Comme la dernière fois...

Qu'est-ce qu'a fait Fabien Tranchant, la dernière fois?

— Qui mourra verra! ajoute ensuite Justin Macchabée pris tout à coup d'un rire sadique.

Maintenant, dans la tête de Mélanie, tout se bouscule à un rythme affolant. En deux temps, trois mouvements, elle doit élaborer une stratégie défensive. Même contre Fabien. Il a beau être charmant, Mélanie Lapierre ne doit jamais oublier qu'il est mort. Fabien Tranchant fait aussi partie de l'abominable race des morts vivants.

Une hypothèse surgit alors dans son esprit.

Les affreux cadavres de ce cimetière se servent de Fabien Tranchant pour entraîner des vivants dans la mort. C'est pour cette raison qu'ils lui permettent de garder un corps intact.

C'est sûrement leur pacte.

Même s'il est mort depuis presque vingt-cinq ans, Fabien n'a rien d'un monstre squelettique. En retour de l'exceptionnelle permission qu'on lui accorde, il doit livrer des vivants au Comité des griffes de la mort.

Pendant qu'elle songe à cet horrible scénario, Mélanie entend Fabien Tranchant murmurer d'une voix hésitante:

— D'accord, d'accord... ça va, ça va... j'ai compris. Mais c'est la dernière fois que je fais ça.

Tout est maintenant clair.

Et terriblement affolant!

Mélanie Lapierre s'enfuit vivement sous le lit.

Le temps de ramasser ses idées!

Et peut-être de profiter de ses derniers instants de vie.

Emprisonnée, emprisonnée dans son horrible réalité.

Chapitre V
Sauver sa peau

Sous le lit, Mélanie Lapierre essaie désespérément de combattre l'engourdissement qui envahit son corps. De toutes ses forces, elle tente de lutter contre cette affreuse peur qui risque encore de la neutraliser.

«Si je deviens impuissante et passive, le Comité des griffes de la mort aura alors la tâche bien facile.»

Mourir de peur?

Non, jamais!

«Mais si je tiens tant que ça à ma vie, je dois être prête à la défendre jusqu'à la dernière goutte de mon sang.»

C'est évident que Mélanie ne souhaite pas se rendre jusqu'à cette extrémité. Elle préfère toutefois se préparer à toutes les éventualités, y compris celle d'avoir à se battre férocement.

Elle peut mordre.

«Cette arme redoutable saura sûrement dissuader même les morts vivants les plus sanguinolents qui oseront s'attaquer à moi.»

En s'imaginant mordre dans des cadavres, Mélanie Lapierre est soudainement prise d'une nausée.

Et puis, dans ses cours d'autodéfense, elle a appris à se servir de ses pieds, de ses mains et de sa tête. La mort a peut-être des griffes terrifiantes, mais Mélanie n'a pas l'intention de se laisser anéantir facilement.

Non, il est très important de rester vigilante.

Vigilante et combative!

Dans l'autre pièce, Mélanie n'entend maintenant plus rien.

Silence glacial et inquiétant!

Si Justin Macchabée est parti, Fabien Tranchant ne devrait maintenant plus tarder. Bientôt, elle pourra sortir de cette chambre humide et macabre.

Sortir, l'hypothèse la plus irréaliste.

Demeurer prisonnière des griffes de

Justin Macchabée pour qu'il l'exécute froidement, le scénario le plus probable.

À la pensée qu'elle doive très bientôt passer à l'action, Mélanie devient fébrile et nerveuse. C'est alors qu'elle entend une clé glisser dans la serrure et la porte s'ouvrir aussitôt.

Ne voyant pas Mélanie tout de suite, Fabien la cherche. De sa voix toujours aussi rassurante, il lui dit:

— Viens, Mélanie, tu peux maintenant sortir de ta cachette. Mon visiteur indésirable est parti.

Mélanie ne se fait pas prier pour obéir.

Sans Justin Macchabée dans les pattes, son plan sera encore plus facile à exécuter.

Avec la rapidité de l'éclair, elle bondit vers la porte. Au passage, elle bouscule Fabien. Ensuite, elle escalade l'échelle qui la conduit dehors.

Quand Mélanie entend Fabien crier, elle est déjà loin de son humide chambre-donjon. Dans l'écho de sa voix, elle croit comprendre qu'il l'implore de revenir.

— ... ne fais pas ça, Mélanie... ne fais pas ça, je suis ta seule chance, je suis ton allié.... Reviens...*rev...*

Mais que peut-elle faire d'autre que de s'enfuir?

Elle est condamnée à mort. Y compris par Fabien qui lui crie pourtant qu'il est son allié.

«Un allié plutôt douteux», se dit Mélanie!

Elle s'en veut d'avoir cru le beau discours de Fabien.

«Ah! que je suis naïve! pense-t-elle. À la première menace du Comité des griffes de la mort, ce vil traître est prêt à me livrer, pieds et poings liés.»

Mélanie se sauve à grandes enjambées.

Elle n'a pas l'intention de mourir et d'aller rejoindre les membres du Comité des griffes de la mort. Dans ce cimetière, c'est leur droit de trouver passionnant le fait de pourrir dans la terre.

Mais pour Mélanie, c'est tout réfléchi.

Et c'est non, merci!

Elle a des tas de projets qui lui tiennent à coeur.

Pour les réaliser, elle doit rester vivante.

Bien vivante!

Telle une forcenée, portée par une toute nouvelle énergie, Mélanie fonce maintenant vers l'horizon libérateur.

Elle a l'intention de déjouer les plans sordides de Justin Macchabée.

L'essentiel, se fier à elle-même.

Maintenant, de chaque côté de Mélanie, des dizaines de pierres tombales défilent. Toujours en ligne droite, en courant sans relâche, elle finira sûrement par atteindre les limites de ce foutu cimetière. À un moment donné, quelques-unes des cinq milliards de personnes qui vivent sur la planète Terre finiront bien par se montrer le bout du nez.

Dans sa fuite effrénée, elle devient euphorique. L'adrénaline lui inonde le cerveau.

Elle veut, elle doit se persuader qu'elle est sur la bonne voie, la voie royale de la vie. Et qu'elle fuit désespérément la mort.

Mais rien à faire, elle se met à hésiter.

Ses enjambées n'ont plus l'ampleur qu'elles avaient au début de sa fuite. Elle sent son corps qui commence à s'alourdir. Son ralentissement n'a cependant rien à voir avec la fatigue. Au contraire, elle pourrait courir encore longtemps sans pour autant se sentir épuisée.

Ses craintes sont ailleurs.

Tout à coup, un doute s'empare de son esprit: Mélanie Lapierre a nettement l'impression de reconnaître certaines pierres tombales. Leurs formes lui sont familières; elle est convaincue de tourner en rond. Au lieu d'avancer ou de reculer, Mélanie Lapierre tourne inexorablement en rond.

Une ronde macabre.

Courir, c'est bien beau, mais il faut espérer atteindre son but. Sinon, le moral en prend un dur coup.

Mélanie décide donc de ralentir sa course.

Elle en profite aussi pour jeter un coup d'oeil derrière elle. Elle cherche désespérément des points de repère auxquels s'accrocher.

Avancer, reculer ou tourner en rond... elle doit absolument savoir ce qu'elle fait.

Suprême malchance!

Des nuages envahissent le ciel. Les pierres tombales deviennent difficiles à identifier. Privée du reflet de la pleine lune, la nuit est maintenant noire et sinistre.

Désespérée, Mélanie implore alors les astres:

«Lune, réapparais, j'ai besoin de tes rayons dans ma nuit noire! De tes rayons lumineux. De tes chauds rayons. De ton énergie lumineuse.»

Mélanie a hâte de retrouver la lumière, la chaleur de la vie. Pour ça, elle doit fuir les ténèbres, la froideur de la mort.

Ces pensées lui fouettent les sangs et lui redonnent du courage. Elle reprend alors sa course endiablée de plus belle.

Dans la nuit noire, elle bondit. Investie d'une toute nouvelle énergie, elle vole allègrement vers un horizon rempli de promesses.

Brusquement, Mélanie perd pied.

Elle tombe dans le vide.

Le vertige.

Un grand trou.

Qu'est-ce qui lui arrive?

Profitant de la noirceur totale, les griffes de la mort viennent-elles de la frapper?

Heureusement, sa chute est brève.

Mélanie se retrouve aussitôt au fond d'un trou humide. De chaque côté d'elle, des murs de terre. Au même moment, dans le ciel, elle aperçoit la pleine lune qui refait son apparition.

Elle a une vue imprenable sur l'astre

redevenu lumineux. Étendue sur le sol, dans un trou de deux mètres de profondeur, Mélanie peut maintenant contempler à sa guise la pleine lune qui brille.

En même temps, elle peut aussi s'horrifier d'une autre vision beaucoup moins poétique. Autour du trou où elle vient de plonger, elle aperçoit des pelles qui ont déjà commencé à l'asperger de belle terre humide.

Vision cauchemardesque!

Pas le moindre doute, on veut l'enterrer vivante.

Mélanie doit se défendre.

Mais comment faire?

Chapitre VI
À la vie, à la mort!

Pendant que Mélanie Lapierre se débat et crie à pleins poumons, les membres du C.G.M. semblent bien s'amuser.

— Si tu te souviens de tes prières, jeune fille, fais-les. Le Comité des griffes de la mort m'a chargé de la Mission 1980-1992 Lapierre Mélanie. Si ça peut te rassurer, je ne rate jamais mon coup. Jamais, tu m'entends, jamais de la vie. J'aime le travail bien fait, mais surtout, surtout... le travail vite fait. Même les missions les plus délicates, je les réussis toujours à la perfection. Pour moi, c'est une question d'honneur et de fierté.

Mélanie reconnaîtrait cette voix macabre entre toutes.

Il est donc inutile de se débattre et de crier.

Sauf l'épuiser, ça ne donnera rien.

Mélanie ne doit pas perdre son temps, non plus, à implorer Justin Macchabée de lui laisser la vie sauve.

— Je veux te faire apprécier la qualité de la bonne terre de ce cimetière, ajoute-t-il de sa voix enrouée et gémissante. Tu sais que c'est une des meilleures terres de la région, la plus riche en minéraux et en vermisseaux de toutes sortes. Tu es bien tombée, 1980-1992 Lapierre Mélanie.

Les pelles continuent à déverser dans le trou la bonne terre riche en minéraux et en vermisseaux de toutes sortes. Pour l'instant, afin de ne pas être aveuglée, Mélanie doit fermer les yeux.

— D'ici quelques heures, cette terre va commencer à te nourrir pour l'éternité. Comme nous, tu vas alors enfin goûter aux délices de la mort. Jouissances sublimes et éternelles te sont garanties, 1980-1992 Lapierre Mélanie. Dans notre cas, cependant, si la cliente n'est pas satisfaite, nous ne lui remboursons pas la vie.

Le laisser continuer son discours.

Ne pas réagir à ses propos sadiques.

Si Mélanie a la moindre réaction de peur ou de panique, elle sait que ça ne fera qu'augmenter le plaisir de Justin Macchabée de l'exécuter froidement.

— Tu sais, 1980-1992 Lapierre Mélanie, les vivants ne savent jamais où est leur bien. Ils ne sont pas doués pour le bonheur. Alors, nous, au Comité des griffes de la mort, on a décidé de choisir pour eux, de les forcer à être heureux. N'est-ce pas une noble mission que la nôtre?

L'odieuse crapule s'imagine-t-elle vraiment que Mélanie Lapierre va répondre à ça?

— Pour ton plus grand bien, tu vas donc faire un fabuleux voyage vers l'éternité. Au fond, tu sais, j'envie ta chance, 1980-1992 Lapierre Mélanie. Tout compte fait, tu n'auras pas perdu trop de temps chez les minables vivants.

L'infâme tyran!

Pour l'instant, le délire de Justin Macchabée, mort il y a déjà près d'un siècle, semble terminé.

De son côté, Mélanie n'en mène pas large.

La terre arrive maintenant de partout et s'amoncelle de plus en plus sur son corps replié. À ce rythme-là, les morts vivants auront sa peau dans peu de temps.

Dans sa tête, Mélanie entend résonner son numéro matricule.

Le fatidique 1980-1992... 1980-1992... 1980-1992... 198...

Elle doit chasser de son esprit l'écho lancinant de cette voix d'outre-tombe.

Au milieu de ce véritable enfer, elle perd tous ses moyens. Elle est prisonnière des griffes de la mort. Elle n'a aucune chance de s'en sortir.

Elle commence à étouffer, elle avale de la terre, de la boue, des minéraux, des vermisseaux...

Sa tête tourne, elle a le vertige, elle va s'évanouir.

Elle étouffe... étouffe... étouffe...

Si elle pouvait cesser de penser.

Plutôt réagir!

Avant tout, survivre!

L'énergie du désespoir. Au moins, vendre chèrement sa peau.

D'un coup, elle se ramasse en boule.

Elle devient une chatte qui se contracte devant un danger imminent. Mélanie Lapierre n'a pas l'intention d'être la grande vedette d'un enterrement de première classe.

Justin Macchabée, Mélanie Lapierre n'a encore rien dit.

Encore moins son dernier mot!

Les griffes de la vie peuvent aussi combattre.

Et elles vont le faire!

Mélanie se sert alors d'une de ses mains comme visière. Elle se protège les yeux contre la terre qui continue de s'abattre sur elle. À tout instant, elle risque d'être aveuglée. Cela pourrait lui être fatal.

Ainsi protégée, elle peut observer le mouvement des pelles.

Elle en guette spécialement une.

Le moment propice ne tarde pas à venir.

Soudain, elle bondit.

Elle réussit à attraper l'extrémité de la pelle du grand bavard de Justin Maccha-bée. D'un coup sec, elle tire de toutes ses forces. La plaque de fer de la pelle lui déchire les doigts, mais elle tient bon.

Peu importe la souffrance, elle ne doit pas lâcher. Il faut entraîner le macabre Macchabée avec elle, dans le trou, le trou de la mort. C'est sa dernière chance de s'en sortir vivante.

Justin Macchabée a beau tenter de résister, Mélanie profite de l'effet de surprise. Un autre coup sec et elle réussit. En tombant lourdement à ses pieds, Justin Macchabée vient la rejoindre dans le trou.

Les mains visqueuses du squelettique Macchabée essaient de s'accrocher à une des chevilles de Mélanie. Deux bons coups de pied suffisent à la libérer. Heureusement, elle n'a pas eu à le mordre.

Puis elle s'empare rapidement de la pelle qu'elle laisse retomber lourdement sur la tête du monstrueux cadavre. En trois bons coups, elle réussit à l'assommer.

Mélanie regarde ensuite vers le haut du trou.

Depuis que leur porte-parole est tombé à ses pieds, les autres membres de la meute infernale ont aussitôt cessé de jeter de la terre dans le trou. Éberlués, ils sont tous là à observer la scène. À deux mètres au-dessus de Mélanie Lapierre, la bande de morts vivants n'arrête pas de se lamenter et de gémir.

De sa voix la plus menaçante possible, Mélanie s'adresse alors au groupe des

fidèles de Justin Macchabée:

— Si vous ne vous éloignez pas tout de suite, je dépèce votre Justin Macchabée. La pelle est assez pointue et je trouverai sûrement l'énergie qu'il faut pour le transformer en un casse-tête de mille morceaux que je vais répandre aux quatre vents. Ça va vous prendre au moins un siècle pour le reconstituer, si jamais vous y parvenez. Est-ce assez clair?

Au-dessus de sa tête, Mélanie entend qu'on discute fort. Le conciliabule ne dure cependant pas bien longtemps: le flot de lamentations et de gémissements s'éloigne lentement.

Mélanie a maintenant la voie libre.

Si elle ne veut pas moisir pour l'éternité aux côtés de la carcasse de Justin Macchabée, Mélanie ne doit pas s'attarder une seconde de plus dans ce trou humide et infect. Même si elle l'a assommé, le monstre ne restera pas inconscient éternellement. Les morts vivants ont la réputation de récupérer très vite.

De toute façon, Mélanie ne serait pas étonnée que ses hurluberlus de confrères soient partis chercher du renfort. Dans ce cimetière, ils ne doivent pas manquer de cadavres prêts à se sacrifier pour la noble cause du Comité des griffes de la mort.

Avec la pelle qui lui sert d'appui, à force de ténacité, Mélanie parvient à se hisser jusqu'en haut. Il est grand temps, car elle entend son ennemi juré gémir au fond du trou.

Justin Macchabée réussit même à lui saisir un pied. D'un violent coup de pelle sur la main, Mélanie arrive à se libérer de cette larve qui se met à rugir férocement.

Mélanie n'a pas le temps de reprendre son souffle.

Ni ses esprits.

À toute vitesse, elle s'enfuit.

Sans le savoir, elle court encore peut-être vers la mort.

Sa mort.

Fatalement.

Chapitre VII
Dans la gueule des loups

Dans sa fuite effrénée, Mélanie Lapierre regarde autour d'elle. Elle se sent alors soulagée de ne pas voir apparaître Justin Macchabée et sa horde gémissante de mercenaires sanguinaires. À part les pierres tombales qui jettent leur ombre peu rassurante sur le sol, elle n'aperçoit rien d'autre de bien menaçant dans les parages.

Du moins, pour l'instant!

Un silence de mort.

Quand Mélanie songe à tout ce qui gigote sûrement sous terre, elle trouve ce silence inquiétant.

Elle se rappelle qu'elle doit mourir en 1992.

Par décret irrévocable de Justin Macchabée!

D'ailleurs, le Comité des griffes de la mort a déjà dû publier un avis de recherche la concernant. Dans les milliers de tombes de ce cimetière, on se prépare sûrement à pourchasser le numéro matricule 1980-1992 Lapierre Mélanie.

Tant qu'elle sera dans ce lieu sinistre, Mélanie ne doit pas se faire la moindre illusion. À la tête de ses troupes barbares, Justin Macchabée ne lui laissera aucun répit.

Bientôt, abominables et terrifiantes, les troupes vont surgir de partout. Armées de leurs haches, de leurs couteaux, de leurs rasoirs ou de leurs scies tronçonneuses.

Bientôt, elles feront sadiquement gicler tout le sang de Mélanie qui inondera les entrailles de la terre.

Bientôt, Mélanie Lapierre sera transformée en charpie et elle deviendra une masse informe et purulente. À son tour, elle traquera ensuite les êtres vivants.

Bientôt... bientôt... Mélanie Lapierre sera morte.

Morte et bien enterrée!

Destin cruel auquel elle ne peut échapper!

Mélanie Lapierre est maintenant une épave qui se prépare à devenir un cadavre.

À quoi bon continuer de lutter?

En effet, une personne vivante ne sera jamais de taille pour affronter une meute de morts vivants enragés.

Pas plus Mélanie Lapierre qu'une autre!

Elle est maintenant convaincue que son bourreau ne tardera pas à réapparaître. Quand elle songe qu'il faudra encore l'affronter, Mélanie a le goût de pleurer.

D'ailleurs, pourquoi s'en priverait-elle?

Brusquement, Mélanie s'arrête de courir. Elle se jette par terre, prend son visage dans ses mains et commence à pleurer.

À chaudes larmes.

Toute recroquevillée, Mélanie Lapierre attend passivement qu'on vienne la cueillir.

Il faut bien l'admettre, cette fois, elle manque de courage.

Honteusement.

Au bout de quelques minutes, elle doit cependant se rendre à l'évidence: Justin

Macchabée et les siens n'ont pas encore frappé. L'occasion était pourtant belle de s'emparer de leur victime. Désespérée, la pauvre Mélanie Lapierre gît dans l'herbe.

Peu à peu, Mélanie cesse de sangloter et entreprend de se relever du sol humide. Elle commence à mieux explorer son nouvel environnement. Un peu à sa gauche, au bout d'un petit sentier, elle aperçoit un immense caveau illuminé.

Enfin un lieu éclairé!

Et sûrement habité!

En s'approchant, Mélanie s'aperçoit que la grille menant au caveau est grande ouverte. Malgré une peur et une méfiance bien légitimes, elle se sent attirée par cet endroit. À l'intérieur de ces murs, elle a la conviction qu'on pourra enfin lui venir

en aide. Mélanie Lapierre s'accroche désespérément à cet espoir insensé.

Elle n'a vraiment plus rien à perdre.

Elle entre donc dans le caveau.

Après son passage, la grille ne se referme pas brutalement derrière elle. Signe encourageant, on ne cherche donc pas à l'enfermer. Jusqu'à présent, aucune manifestation d'hostilité à l'horizon.

Devant Mélanie, une flèche indique la direction à suivre.

D'un pas hésitant, elle entre donc dans le caveau. Pour s'y rendre, elle doit auparavant longer un étroit corridor. Elle se laisse guider par une flamme brillante qui scintille au bout du passage obscur.

Après une cinquantaine de pas dans le tunnel, elle se retrouve dans une grande pièce. Un rapide tour d'horizon lui permet aussitôt d'apercevoir une femme au-dessus d'une boule de cristal. Cette étrange personne murmure toutes sortes de formules incompréhensibles.

Sûrement des incantations diaboliques!

Mélanie doit s'enfuir.

Tout de suite!

Elle se rend compte trop tard qu'elle vient d'entrer dans le repaire d'une autre

revenante démentielle. Une esclave de plus qui obéit aveuglément au monstrueux dictateur de ce cimetière.

Peut-être Mélanie est-elle déjà dans le palais sépulcral de Justin Macchabée!? Là où le tyran doit torturer et affaiblir ses victimes trop farouches avant de les immoler froidement.

Quand Mélanie Lapierre va-t-elle donc cesser d'être aussi naïve?

À la première occasion, tout ce qu'elle arrive à faire, c'est se jeter dans la gueule des loups.

— Je vous attendais impatiemment, jeune fille. N'ayez pas peur. Si vous m'écoutez, votre cauchemar se terminera bientôt. Approchez-vous de moi et n'ayez crainte, je ne suis pas une alliée de Justin Macchabée. Non, je serais plutôt du côté de la vie.

Mélanie a la nette impression de connaître cette voix. Elle est persuadée de l'avoir déjà entendue quelque part.

Mais où?

Sa peur, Justin Macchabée, le cauchemar qu'elle traverse, du côté de la vie? Comment cette femme a-t-elle pu deviner tout ça? Se pourrait-il que Mélanie

Lapierre ait enfin déniché une véritable complice de vie dans cette masse de revenants obsédés par la mort?

Ça résonne dans sa tête.

«Fais attention, Mélanie Lapierre. Souviens-toi de Fabien Tranchant. Lui aussi prétendait être du côté de la vie. Malheureusement, il n'a pas su tenir ses promesses. Cette femme est pleine de bonnes intentions, mais il ne faut jamais sous-estimer le pouvoir de Justin Macchabée. Personne ne semble pouvoir résister à l'affreux tyran de ce cimetière.»

Mélanie doit continuer à se méfier.

— Approchez, approchez, jeune fille, je vais vous prédire votre avenir, reprend la femme à la longue tunique.

Mélanie tient-elle vraiment à connaître le sort qui l'attend?

— Venez, venez, je vais vous montrer quelque chose qui peut changer votre vie. Plus près, plus près de moi... Oui, oui, c'est ça, tout près de moi...

Bien que méfiante, Mélanie vient s'asseoir près de l'étrangère. De sa voix apaisante, la femme lui murmure alors à l'oreille:

— La vie, il n'y a rien de plus beau,

n'est-ce pas, Mélanie Lapierre?

Il y a quelque chose qui cloche dans cette voix. Ces intonations semblent tellement familières à Mélanie.

Ça y est, Mélanie Lapierre vient de reconnaître la voix.

Il n'y a plus aucun doute, c'est la voix de Fabien Tranchant. Mélanie Lapierre est redevenue prisonnière de cet infâme traître.

Elle bondit aussitôt de sa chaise en criant:

— Tu n'es qu'un traître et un menteur, Fabien Tranchant. Un vil traître et un odieux menteur à la solde du sanguinaire Justin Macchabée!

Elle se dirige ensuite vivement vers l'étroit passage qui mène à la sortie du caveau.

— C'est ça, Mélanie, sauve-toi, sauve-toi vite, lance alors Fabien. J'ai glissé le plan du cimetière dans la poche arrière de ton pantalon. Sans ce plan, tu ne pourras jamais sortir vivante des griffes de la mort.

Mélanie vérifie et constate qu'il y a bien un morceau de papier dans la poche arrière de son pantalon.

— Tu sais, Mélanie, je ne t'ai jamais trahie. Quand j'ai accepté de te livrer à Justin Macchabée, c'était une astuce. Je voulais le rassurer et l'éloigner de chez moi pour pouvoir te sauver ensuite. Mais tu ne m'as pas laissé le temps de t'expliquer.

Mélanie veut bien croire Fabien.

Mais comment pouvait-elle deviner que toute cette mascarade était une astuce de sa part?

Puis, d'une voix rendue caverneuse par l'écho de l'immense caveau, Fabien Tranchant se met à chanter:

Déchire du cimetière le plan
et lance-le aux quatre vents.
Ainsi tous les morts vivants
deviendront à jamais absents.

Finalement sortie du caveau, Mélanie fouille dans la poche arrière de son pantalon. Elle constate avec étonnement que le morceau de papier est bien le plan du cimetière.

Mélanie a quand même appris à se méfier de sa naïveté. Ce plan est peut-être un nouveau piège de Justin Macchabée pour qu'elle retourne se jeter dans la gueule des loups.

Encore une fois!

Il n'y a rien à perdre à aller vérifier.

En suivant le plan à la lettre, Mélanie réussit à s'enfuir du cimetière par la sortie la plus proche. Celle qui est normalement réservée aux fossoyeurs.

Fabien Tranchant ne lui avait donc jamais menti.

Quelle grande loyauté!

À sa manière, il luttait pour protéger les vivants des griffes de la mort. En pleine euphorie, Mélanie songe alors à retourner au cimetière pour aller remercier Fabien Tranchant, son fidèle protecteur.

Cependant, Mélanie Lapierre juge que ce ne serait pas prudent de retourner au cimetière. Elle n'a pas le goût de se retrouver nez à nez avec Justin Macchabée et sa troupe macabre.

Comme le lui a si bien recommandé son fidèle complice, Mélanie déchire ensuite le plan de ce cimetière diabolique. Avec un plaisir évident, tout en chantonnant, elle en répand ensuite les morceaux aux quatre points cardinaux.

Déchire du cimetière le plan
et lance-le aux quatre vents.
Ainsi tous les morts vivants
deviendront à jamais absents.

Mélanie Lapierre se sent heureuse.
Heureuse et fière d'elle!
Heureuse d'avoir vaincu le diabolique
Justin Macchabée!
Heureuse et fière d'avoir fait dispa-
raître à jamais le monstrueux Comité des
griffes de la mort!

Fin

Épilogue
La nuit blanche des morts vivants

— Stéphanie... Stéphanie... il est assez tard. Éteins la lumière et couche-toi.

— Oui, oui, papa, je viens de finir mon roman et je me couche tout de suite. Mais ce soir, je vais quand même garder une lumière allumée.

— Bonne nuit, Stéphanie.

— Bonne nuit, papa.

Le père de Stéphanie Perrault se doute bien de ce qui se passe encore dans la tête de sa fille.

Au bout d'une demi-heure, il se rend dans la chambre de Stéphanie pour éteindre la lumière. Sur la table de chevet, il en était sûr, il aperçoit un roman.

Panique au cimetière de Blanche Dépouvante.

La veille, il s'était produit la même chose. Après avoir terminé *La vengeance des araignées blessées,* Stéphanie avait dû s'endormir avec la veilleuse allumée. Quelques jours plus tôt, *Les ténèbres de l'horreur* et *Terreur au musée* avaient eu le même effet.

Toujours des romans de cette Blanche Dépouvante.

Immobile, à côté du lit, le père de Stéphanie sourit à sa fille maintenant endormie. En se penchant pour lui donner un tendre baiser sur le front, il lui murmure:

— Malgré tout, ma fille, fais de beaux rêves.

Ensuite, il éteint délicatement la veilleuse.

Puis il retourne au salon regarder le film *La nuit blanche des morts vivants* qu'il vient tout juste de louer au club vidéo.

Table des matières

Achevé d'imprimer
sur les presses de Litho Acme Inc.
1er trimestre 1992